O PINGUIM AZUL

Escrito e ilustrado por
Michelly Gassmann

Goiabinha
editora

2ª edição 2024
2ª reimpressão 2025

Dados Internacionais de Catalogação na Publicação (CIP)
(Câmara Brasileira do Livro, SP, Brasil)

Gassmann, Michelly
O pinguim azul / escrito e ilustrado por Michelly Gassmann. -- 2. ed. -- São Carlos, SP : Editora Goiabinha, 2024.

ISBN 978-65-998743-7-6

1. Autismo 2. Inclusão - Literatura infantojuvenil 3. TEA (Transtorno do Espectro do Autismo) - Literatura infantojuvenil I. Título.

24-206257 CDD-028.5

Índices para catálogo sistemático:

1. Literatura infantil 028.5
2. Literatura infantojuvenil 028.5

Aline Graziele Benitez - Bibliotecária - CRB-1/3129

www.editoragoiabinha.com.br

Fale com a gente:
contato@editoragoiabinha.com.br
@editoragoiabinha
/editoragoiabinha

Para o Pinguim Miguel,
com amor.

EM UM LINDO DIA DE PRIMAVERA,
NO DISTANTE POLO SUL,
MAMÃE PINGUIM E PAPAI PINGUIM
DERAM AS BOAS-VINDAS AO PINGUIM AZUL!

ELE TINHA AS PENAS DIFERENTES DOS OUTROS PINGUINS,
POIS ERAM AZUIS DA COR DO CÉU,
SUA BARRIGUINHA ERA BRANCA COMO A NEVE
E SEU BICO, FINO COMO UM PINCEL!

O PINGUIM AZUL ERA MUITO CONTENTE
E, ÀS VEZES, UM POUCO ATRAPALHADO.
MAS SEU JEITINHO DOCE E ALEGRE
DEIXAVA TODO MUNDO ENCANTADO!

ELE ERA MUITO CURIOSO,
AMAVA A NATUREZA E OS ANIMAIS.
NUNCA SE CANSAVA DE BRINCAR O DIA TODO,
SEMPRE QUERIA MAIS!

NO COMEÇO, O PINGUIM AZUL NÃO ERA MUITO DE FALAR.
A MAMÃE PINGUIM SE PREOCUPAVA,
MAS, COM O TEMPO, ELE APRENDEU A SE COMUNICAR,
ATÉ MESMO SEM USAR NEM UMA PALAVRA!

SEMPRE QUE ESTAVA MUITO ANIMADO,
ELE PULAVA SEM PARAR.
OS OUTROS ACHAVAM ENGRAÇADO
QUE ELE PULASSE TANTO SEM SE CANSAR.

ÀS VEZES, ABANAVA AS ASINHAS,
COMO SE QUISESSE VOAR,
MAS, NA VERDADE, ERA APENAS
SUA MANEIRA DE SE EXPRESSAR.

ELE ERA ESPERTO E ADORAVA JOGOS.
FOI O PAPAI QUEM O ENSINOU A JOGAR XADREZ,
MAS PARA ELE A PARTE MAIS DIFÍCIL
ERA ESPERAR A SUA VEZ!

ELE TINHA MUITA IMAGINAÇÃO,
INVENTAVA AS PRÓPRIAS BRINCADEIRAS.
OS OUTROS PINGUINS NÃO ENTENDIAM
POR QUE ELE BRINCAVA DAQUELA MANEIRA.

O PINGUIM AZUL FOI CRESCENDO,
MAS SEU CORAÇÃO CONTINUAVA INOCENTE.
ALGUNS PINGUINS O IGNORAVAM,
SÓ PORQUE ELE ERA UM POUCO DIFERENTE.

QUANDO HAVIA BARULHO, ELE SE ASSUSTAVA
E COBRIA OS OUVIDOS COM AS ASINHAS.
POR ISSO, PREFERIA BRINCAR SOZINHO,
NO SEU MUNDO TRANQUILO, ELE SE DIVERTIA!

UM DIA, O PINGUIM AZUL ENCONTROU NOVOS AMIGOS,
QUE O ACEITARAM COMO ELE ERA.
SEU CORAÇÃO SE ENCHEU DE ALEGRIA
COM AQUELA AMIZADE SINCERA!

OS SEUS AMIGOS, SEM PERCEBEREM,
ENSINAVAM ALGO NOVO A ELE TODOS OS DIAS.
O PINGUIM AZUL FOI APRENDENDO
A BRINCAR JUNTO DELES COM MUITA ALEGRIA!

ELE APRENDEU A ESPERAR SUA VEZ,
APRENDEU NOVOS JOGOS E NOVAS PALAVRAS.
AOS POUCOS, O PINGUINZINHO FOI PERDENDO A TIMIDEZ
E FALAVA AS COISAS DE QUE MAIS GOSTAVA.

OUTRAS VEZES, O PINGUIM AZUL FICAVA AGITADO
E SENTIA A NECESSIDADE DE ESTAR SOZINHO.
OS NOVOS AMIGOS FORAM ENTENDENDO
QUE ELE SÓ PRECISAVA DE UM TEMPO EM SEU NINHO.

O PINGUIM AZUL TAMBÉM ENSINAVA,
ELE SABIA TODAS AS CORES EXISTENTES.
SEUS AMIGOS ADMIRAVAM
O SEU JEITINHO INTELIGENTE!

OS AMIGOS TAMBÉM APRENDERAM COM ELE
QUE NÃO ERA RUIM SER DIFERENTE.
CADA UM TEM MUITO A OFERECER
DESSE UNIVERSO INTEIRO DENTRO DA GENTE!

O MAIOR APRENDIZADO
É QUE A AMIZADE NÃO FAZ DISTINÇÃO,
ELA ACEITA O OUTRO COMO ELE É,
COM TUDO O QUE HÁ EM SEU CORAÇÃO!

SOBRE A AUTORA

Michelly Gassmann

Michelly Gassmann é escritora e ilustradora, nascida em Juazeiro do Norte, Ceará. Formou-se em Engenharia pela FEI e, ao longo da carreira, atuou como engenheira, consultora e orientadora educacional. Em 2019, publicou seu primeiro livro.

Atualmente, vive no interior de São Paulo com sua família, onde se dedica à escrita e à tradução. *O Pinguim Azul* é seu primeiro livro infantil.

A obra nasceu como um presente para seu filho, mas rapidamente ultrapassou os limites do lar. Hoje, é utilizada em escolas, clínicas e congressos sobre autismo, além de ser tema de palestras que promovem, de forma lúdica, o respeito às diferenças e a inclusão desde a infância.

Siga e acompanhe a autora nas redes sociais:
@autora.michelly